JN064597

家族の絆

愛の詩 14

岐阜県養老町

大巧社

本書は令和四年度の第二十三回「家族の絆　愛の詩」
（主催—岐阜県養老町愛の詩募集実行委員会
後援—岐阜県教育委員会
協賛—養老町観光協会・養老町小中学校長会・
養老郡町ＰＴＡ連合会・養老鉄道を守る会）
の入賞作品を中心にまとめたものである。
選考は冨長覚梁、椎野満代、頼圭二郎、岩井昭、天木三枝子の諸氏である。

目次

佳作●●● 小中学生の部 39

一般の部

あとがき

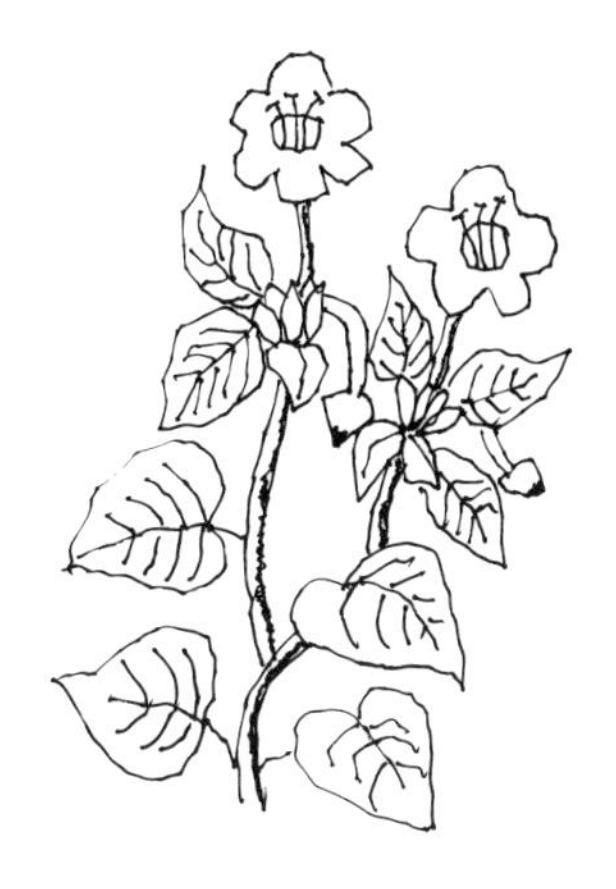

版画……山田喜代春

装幀……岩崎　美紀

家族の絆　愛の詩に寄せて

特別の一瞬

冨長　覚梁

令和四年になっても、コロナの感染は一時減少したものの、秋になって再び増加し、また世界に眼を向けますと、戦争は終わることなくつづいています。村や町、そして肉親をも失い、悲惨な生活を送っている人々の姿を報（しら）されるにつけ、平和の尊さを思わないではおれません。

こうした中で、いやこうした世であるだけに今年度も「家族の絆　愛の詩」を多くの生徒さん、一般の方々に応募いただいたのでしょう。心より感謝申し上げます。

中学校三年の方においては、小学校一年生から数えて九回応募いただいたことになります。つまり、「家族」と九回向かいあったことになります。その「家族」と向かいあった時間こそ、「詩」の深さを生み出す貴重な体験なのです。

家族生活の中において、わたしを豊かにし幸せを感じさせる時間とはいかなるものなのでしょうか。それを詩人の長田弘(おさだひろし)さんは、詩文集の中で「特別な一瞬」ととらえておられます。

家族はあまりにも深く濃く、密着した生活の場であります。それだけにその「特別の一瞬」に気づかない。しかし気づかないけれども、あとになって「一瞬」というあざやかな時間が、炎となってみえてくるのです。

わたしの少年の頃のとても寒い早朝、台所より響いてくる、母の何かをきざむ包丁の音、その「特別の一瞬」の時間が、今も思い出されてくるのです。そして母が亡くなって三十年以上になっても、あの冬の朝の音から、変わることのない母の愛を感じているのです。

しかもこうした「特別の一瞬」における家族の中での感動は、どんなに科学・技術が進歩しても、それらでは決して得ることのできない尊い心の宝そのものなのでしょう。

このように思っています中で、わたしの心に浮上したものは、この「家族の絆　愛の詩」が、まさしく「特別の一瞬」の「宝庫」そのものであるという言葉でした。

しかもそれらの多くの作品は、特別な言葉によるものではなく、ささやかな言葉によって表現されているのです。ささやかなものの集まりが時あって驚くべき力を発揮するところに、言葉の偉大な力があるのでしょう。

このことを多くの方が、たくさんの体験を通して感得されていることに、
心打たれています。

（岐阜県詩人会顧問）

最優秀賞

手の力

服部　凌

弟がね　ねこんだぼくのとなり来て
そっとつないだ小さな手
その小さな手はね
せいいっぱいぼくを心配してる
やさしい　やさしい　小さな手

弟とね　公園の帰り　夕ぐれに

かたくつないだ二つの手
二つのかげがつながるその先に
ピンクの夕やけきれいだね
その夕やけはね
ぼくの気持ちをピンクにするよ
ずっと守るよ　そばにいる
つよく　つよくつながる　ちかいの手

弟ってね　なみだが出る時
こぶしをにぎる
ぎゅっとこめたその思い

ぼくには分かるよ兄弟だから
その思いはね
ふたりで分けよう　ぼくがいる
こぶしをぼくが両手で包む
重なる手は花のよう
手を重ねると思いも重なる
共に　共に歩もう　きずなの手

弟はね　病気でうまくしゃべれない
ぼくがこうして詩を書いて
想いを言葉にすることで

生きる力をとどけたい
ぼくが味方と伝えたい
ぼくの気持ちをのこしたい
えんぴつにぎる　この手から
あふれる想いを弟へ
未来を信じるねがいの手

（はっとり　りょう・岐阜県　小4）

ある浜辺の光景

あべ　和かこ

浜の上に広がる透きとおった青い色
優しい涙の色
思春期の涙は浜風に吹かれて塩っ辛く
海の青に溶けて静かに沈んでいく
浜辺に光るのはシーグラス
なんの変哲もないガラスの欠片(かけら)が
長旅の果てに海に磨かれ宝石となった

この海は世界に繋(つな)がっているんだ
無口な父がぼそりと言った
あの頃の私は未来を見失いかけていた
浜風が長い髪にべたべたと絡みつく
話を聴いてくれていた父の
日焼けした太い腕から滴る汗が
砂浜に染み込んでいた

暑くて遠い夏の日
松林が浜風を招き入れて
涼やかな日陰をつくっていた

茣蓙（ござ）の上に母はおむすびを広げて
心配そうに弟とこちらを見ている
松林を通り抜ける風が
サワサワと松葉を揺らす音がした
ドーン、ドーンと
波が地球の鼓動を刻んでいる

海は穏やかに海鳥を遊ばせるが
込み上げる感情を激しく剝（む）き出しにもする
そんな海も夜になると
自分が何処（どこ）を揺蕩（たゆた）っているのか

わからなくなるけれど
真っ暗になった水面(みなも)は
灯台の灯りが照らしてくれる
父のように母のように

かつてそんな浜辺の光景があった
遠くに灯台を臨みながら
海はいつでも私のなかに在る

（あべ　わかこ・福島県　57歳）

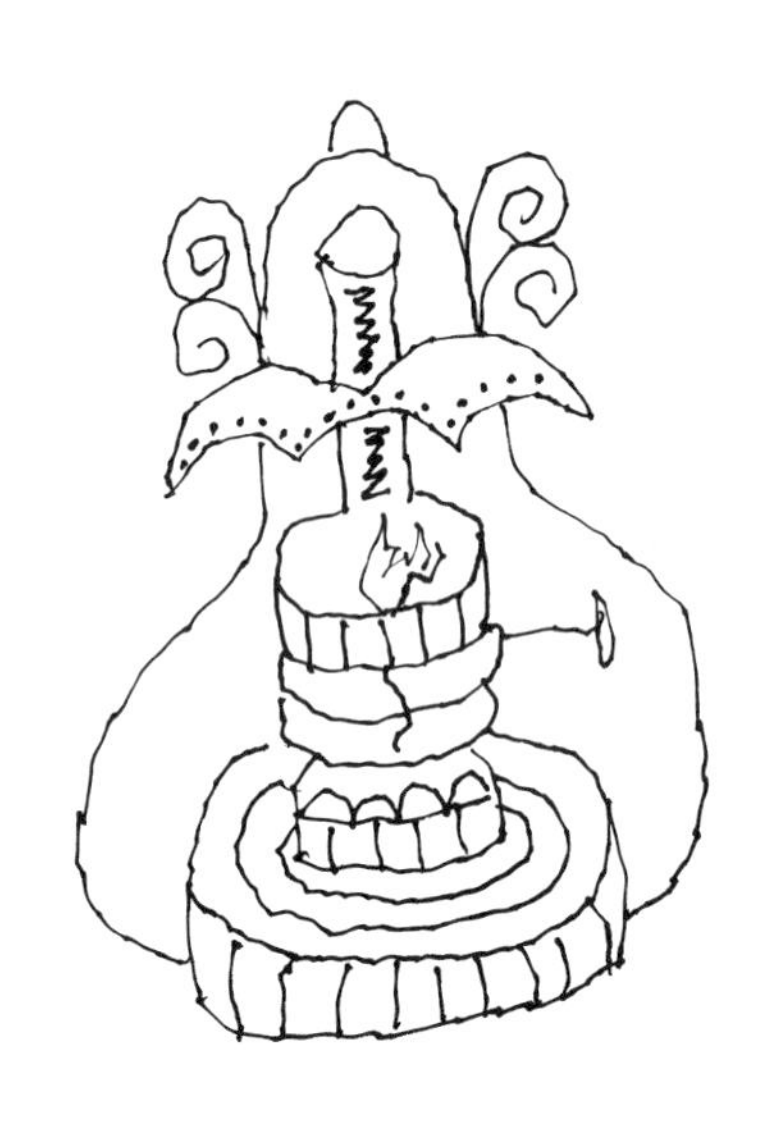

優秀賞

檸檬

新井　皐月

庭の片隅　レモンの木
夏の暑さもお構いなしで
青い果実を守ってる

私も今年で十四歳
触れてほしくないこともある
耳に痛いお小言も
優しさなのは　わかってる

私の心のランドマイン
優しさだけで踏まないで
さながら私はレモンの実
長い棘(とげ)で武装して
味方も敵と勘違い

ごめんね　心の実が熟すのを
もうちょっとだけ
待っていて
季節を越えて熟れた実は
角がとれて甘い味
黄金色に輝いて
成熟してる大人の実

秋をむかえたレモンの木
ほんのり黄色くいろづいた
私の心もだんだんと
大人になっていくのかな
青いあの実と競争だ
するどい棘が枯れる時
家族に素直になれる時
もう少し先になるだろう

（あらい　さつき・岐阜県　中２）

お父さんとお魚つり

川瀬　心乃

ドン　バンッ　ガチャ
リビングから聞こえる　あの音は
あわてんぼうのお父さんの音

たん身ふにんになったお父さん
家に帰ってこられるのは　月に一度
おりひめ様とひこ星様みたいだね

お父さんと向かう先は　きらきら光る
きれいな川
天の川みたいだね

たくさんお魚とれるかな
転んでけがをしないかな
水しぶきをあげてはしゃぐわたしとお魚
わたしの心はお魚みたいにおどりだす

空っぽのお魚ケースには
楽しかった思い出　あふれだす
楽しい時間は　にげ足の速いお魚みたい
すいすいすーいとすぎていく

バイバイした後の車の音は
ちょっぴり　悲しい音だった

（かわせ　この・岐阜県　小４）

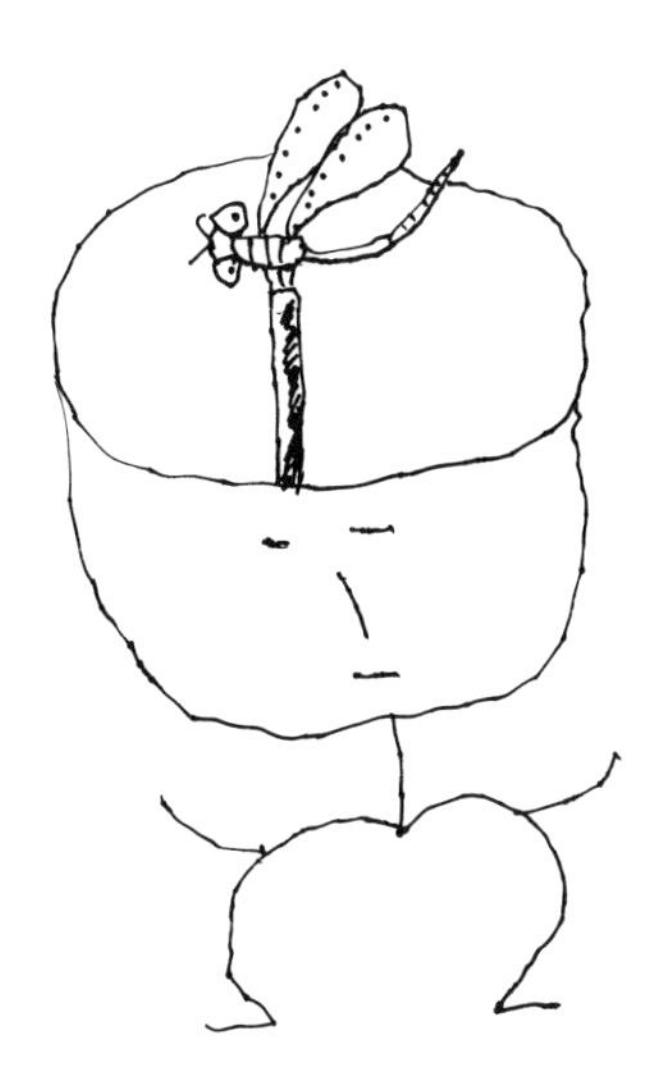

落葉通貨

雨野　小夜美

もみじで買ってあげる
笑い声を
もみじで買ってあげる
冬の足音を
おはじきで買ってあげる
物語
ケーキに栗をのせれば
宝の山に帰れるの
どんぐりで買ってあげる

いつかその口から
歌がこぼれる日を
ぎんなんで買ってあげる
ぼくが心から笑う日を
それがきみのほんとの願いだから
残りのもみじ全部で買ってあげる
両手にガラス玉
名前を感動という

空という大きな青いせつなさが
谷川沿いのふたりの頭上をみたす
空のせつなさは　ぼくのせつなさでもある
もみじが　おはじきが

どんぐりが　ぎんなんが
ろうそくの螺旋(らせん)を描いて
ガラス玉をきみの両手に忘れ
昇ってゆくとき燃えるような彩りを
空に投げる
飴(あめ)ひとつ買えないぼくが
卵焼きをつくってくれるきみに
買ってあげる今日の晴れの日
木枯らしがハッピーバースデーを繰り返す
鳩(はと)の飛び立つ音をクラッカーにして

昇ってゆく落葉(おちば)たちは
ふたりの短い未来のこと

もっと短い誕生日のこと
知っているのにきらめき
さざめき笑っている

（あめの　こやみ・岐阜県　32歳）

屋根裏部屋

杉浦　陽子

屋根裏に運び上げてそのままの荷物が
長年気にかかっていた
階下でふと耳を澄ますと
忘れられた物の息づかい
閉じ込められた物の
命の終わりが聞こえる気がして

思い腰をあげて今月から片付けをはじめる
子供達の品々を捨てることに

ためらう気持ちはあったのに
終活のつもりではじめてみれば
勢いがついてドンドン捨てることができる
急な梯子(はしご)の上り下りも
十年前とくらべれば明らかにおぼつかない
今しかないのだと腹を括(くく)って荷物を下ろす
ここががらんとしたとき
どんな気持ちになるだろう

連日の片付けに疲れ
二日振りで屋根裏に上がると
西日が細く射す床に死んでいる雀(すずめ)を見つける
いつどこから入ってきたのか

小窓に何度もぶつかり息絶えた跡があった
昨日ここに上がれば助けられたのに
傍らのハンカチでそっと包み
少しの米と最後の彼岸花一輪を添えて
庭の木の下に埋めた

子供達の思い出を片付け
がらんとなった屋根裏で
息絶えた雀に手を合わせる
陽の落ちるのが早くなり
しんとあたりは暮れはじめた

（すぎうら　ようこ・静岡県　63歳）

佳作

小中学生の部

さあ、冒険の始まりだ

犬飼　ゆら

本を読む
それは私にとって『冒険』だ
新しい発見がある
自分とは違う考え・思いがある
だから私は本が大好きだ
そんな本に出会えたのは母のおかげだ
小さなころから毎晩、毎晩読んでくれたたくさんの本

その世界に引き込まれるようで
毎日楽しかった

それから私は小学校でも中学校でも
本に関わる委員会で活動している
大変だなと感じることもあるけど
本に囲まれる環境のおかげで頑張れる
改めて本という存在の大きさを知る

私と母には夢がある
私達の家に本に囲まれた図書館部屋をつくること
そんな夢を私はいつか叶(かな)えたい
本の楽しさを
本のあたたかさを

教えてくれた
気づかせてくれた母に
小さいかもしれないけど
恩返しがしたい
そして二人で
たくさんの本にふれ
新しい冒険に出かけるんだ

（いぬかい　ゆら・岐阜県　中３）

引き落としのない通帳

内山　芽泉

私と妹の通帳には
名前が書いてあったり
時には一言添えられていたりする
それは記憶のない
私が生まれた時から始まっている
「何で書いてあるの」
って聞いたことがある
「母さんが使ってしまわないため」
と言われて笑ってしまったのを覚えている
通帳を見ると
今はいない曾祖母（そうそぼ）の名前とかもある

よくお小遣いを貰った
遠慮して断ったりすると
「子供は気を使わずただ貰っておけばいいの
　ありがとうって貰ったほうが可愛いよ」
そう言われたことを思い出した
赤ちゃんの時は使わず全部を貯め
意思が出てきた年頃には
残りを貯めた時もある
それは一言書きをみれば分かる
母が冗談で使わないようにと
私に返した言葉は
そのまま私に刺さる
私はこの通帳のお金を
安易には使えないだろう

必要な時に使って良いとはなっている
けれど
その時はずっと先のような気がする
妹も同じだろう
引き落としのない通帳を眺める
私たちの通帳には思いがきっと詰まってる
もしかしたら私は
母親の作戦通りに
なっているのかもしれない

（うちやま　めい・愛知県　中3）

母屋とはなれをつなぐもの

大橋　舞織

私は晩ご飯が終わると、母屋へ行くのが日課だ。
食べ終わるとすぐ
「行くか」とお父さんが声をかけてくる。
「ちょっと待って」と私は追いかけて、
お父さんの背中に乗る。
はなれのげん関を出ると、
母屋までつながっている石だたみの一本道。
そこを通って母屋へすいこまれていく。
「こんばんは」
「いらっしゃい」
いつものやりとりから始まって、

母屋で少しの時を過ごす。

帰りの手にはお土産ぶくろ。
おじいちゃんががんばって作った野菜、
おばあちゃんが分けてくれるもらいもの。
あったかいふくろをぶらさげて、はなれに帰る。

「ただいま」
「おかえり」
お母さんがかた付けをしているとなりで、
私は伝言ゲームを始める。

私は晩ご飯が終わると、母屋へ行くのが日課だ。
おじいちゃんとおばあちゃんの元気なすがたを見てくる。
そして、私の元気なすがたを見せてくる。

今日も、明日も、あさっても、
母屋への一本道をつなぎたい。

（おおはし　まおり・岐阜県　小5）

お父さんは消防団

小野　龍星

お父さんが、町の消防団に入団した。
仕事が終わったと思ったらすぐに訓練。
この間、大会があった。
お父さんに内しょでこっそり見に行った。
家にいるお父さんとは別人だった。
きびきびと号礼の合図とともに動いていた。
お父さんのせ中が大きく見えてみとれた。
火事があったらすぐに出動。
どうして行くのかぼくは聞いた。
「この町でうまれ育って、お世話になったから
役に立ちたい」

とお父さんが言った。
ぼくはお父さんがかっこいいと思った。
自まんの最高のお父さんと思った。
やさしいと思った。
ぼくもお父さんみたいになりたい。
お父さんみたいになるためにどうしたらいいだろう。
まずは、人がこまっていたら
手をさしのべる勇気を出すこと。
一日一日大切にすごすことだと思う。
これからも、かっこいいお父さんのせ中を
おいつづけながら生きていきたい。

（おの　りゅうせい・岐阜県　小４）

父の涙

梶間　春花

父の頬（ほほ）を　涙がつたった
二人で散歩の途中　静かに歩（ほ）を止め
たしかに頬をぬらした
父は鈍色（にびいろ）の空を見上げ　かすかにひとりごちた
「いつまで生きられるかな」

私はかける言葉を　心の中で必死にすくい上げた
なのにどの言葉も　口もとからすり抜けてしまう

私は知っている　父の持病を
父は若くして　父と姉を病気で亡くした

そして今　その病気の兆候が　父にも現れている
やがて稜線(りょうせん)に　雲からのぞいた太陽が沈みだし
柔らかな光が父を丸ごと包み込む
父のシルエットが　景色にとけだし
その存在が　おぼろげになった

私はあわてて　父の背中を優しくさすった
よかった
父はたしかに存在していた
でもその背中は　思ったより小さかった

「お父さん、前へ進もうよ」
ようやく私は　言葉を発することができた

父はしっかりとうなずき　再び歩を進めた

いつのまにか　薄暮に染まったまちなみを
二人ならんで進んだ
どこまでもどこまでも　前へ前へと
いつまでもいつまでも　前へ前へと
しっかりとした足どりで　前へ前へと

もう　言葉はいらなかった

（かじま　はるか・岐阜県　中3）

十一月三日

川口　真心

もみじが真っ赤にそまるころ
じいちゃんは　さいごの時をすごすため
病院から　ふるさとへ帰ってきた
体が弱って動けない　目もほとんど開かない

十一月三日　よく晴れたあたたかい日
じいちゃんは　車いすに乗って庭に出た
じいちゃんの軽トラ　エンジン音
お友達の大きなしゃべり声
聞かせてあげたら　少し目を開けた
よかった　ちゃんと聞こえてるんだ

かいねこのフクちゃん　ひざに乗せると
じいちゃんの手が　ゆーっくり動いた
フクちゃん　のどを鳴らしてうれしそう

じいちゃんの大好物　アイスクリーム
お母さんが口に入れてあげたら
目をつむったまま　モグモグ　ペロリ
おいしいね
ぼくもいっしょに食べてるよ

少しつかれたね　家の中へもどったとたん
急にパッチリ　目を開けて
じいちゃんは言った

「ああ　家に帰ってきたのか」
うで時計をじっと見つめて
「もうごはんか」
やっと目を覚ましたね
ぼくは安心して　たくさん話しかけた
じいちゃんは　お茶をゴクゴク飲んで
また目をつむってしまった
そのあと　もう目が覚めることはなかった

二日後　じいちゃんは天国に旅立った
ねえ　じいちゃん
十一月三日は　ぼくにとって
わすれられない　思い出の日になったよ

（かわぐち　まこと・岐阜県　小４）

フウセンカズラ

川﨑　匠真

フウセンカズラのたねをまいた
小さい白い花がさいた
小さいかわいい花から
大きな緑色風船ができた
どこかに飛んでいけそうな風船だ

花言葉のように
ぼくもいっしょに飛びたいな
風がふくと、ゆらゆらゆれて
本当にどこかに飛んでいけそう

風船の中には
黒いまん丸としたたねに
白いくっきりとしたハートのもよう
愛がたっぷりつまったフウセンカズラ
みんなに愛がとどくように
来年もまた、さかせよう

（かわさき　たくま・岐阜県　小４）

ぼくの11かげつのいもうと

きりやま　とあ

ぼくがべーすると
いもうともちいさなべろでべーとする
ぼくがばんざーいってすると
いもうともちいさなりょうてで
ばんざーいってする
ぼくがじょうずじょうずっていうと
いもうとはちいさなてを
ぱちぱちとたたいてくれる
ぼくがばいばーいというと
かわいいえがおでてをふってくれる
ぼくがおいでとてをひろげると

えがおでてをひろげてくれる
ちっちゃなからだ
かわいいえがおのいもうとは
なにしてもかわいいなぁ

（桐山　翔蒼・岐阜県　小1）

自分のいのち

久保山　朝陽

大切にしてほしい
自分は世界で一人しかいない

戦そうがおこり
国と国とのけんかで人が死んでいく
小さな子どもがたくさん
戦そうをしたくない人がたくさん
動物も虫も自ぜんもたくさん
小さないのちがとつぜんきえる

みんなで分けあって

みんなを大切にして
ありがとうの心
おもいやりの心
大人のみなさん
ぼくたちに見せてください

とおい昔のおじいちゃん
おばあちゃんからつないでもらった
自分のいのち

やくそくをまもる
お友だちを大切にする
家族を大切にする

生まれたこと
生きていることに
ありがとう　って
ぼくはぼくのいのちを
大切にしたい

（くぼやま　あさひ・岐阜県　小3）

星に願いを

倉田　桜

なんてことない夏の夜
ため息吐（つ）いた私の前に
差し出された一つの手
思わず重ね合わせると
その手は私を軽やかに
夜空の下へ連れ出した

空には数多（あまた）の星たちが
闇夜（やみよ）に光り輝いていた
そんな夜空を眺める内に
芽生えてきたのは恐怖心

得体の知れない大きなものに
呑み込まれてしまいそうで
思わず一歩下がりかけた
そんな時あなたのその手が
やわらかく私の手を包み込んだ
あなたの手の温もりが
不思議と私を安堵させ
再び夜空を見上げれば
その美しさに息を呑む
さそり座　わし座　てんびん座
名前も知らぬ星の数々
勉強のこと　学校のこと
人間関係のこと
不安なことなんて全て

忘れてただひたすらに
その輝きに見入っていた

まだわからない未来のこと
不安で仕方ないけれど
お姉ちゃん
共に歩んでいきたいな
流れ星は見当たらない
それでも星に願いを込めた

なんてことない夏の夜を
あなたが変えてくれたんだ
かけがえのない夏の夜に

（くらた　さくら・岐阜県　中３）

わたしのおとうさん

佐藤　颯音

わたしのおとうさんは、すいどうやさん。
いつもよごれたふくでかえってくる。
あせもいっぱいかいている。
わたしのおとうさんは、
いつもわたしのほっぺにきすをする。
はずかしいからやめて。
おかあさんにしかられると、
すぐにわたしをみかたにつけようとする。
わたしのおとうさんのくちぐせは、
「このままであかちゃんだったのに」
かなしそうなかおをする。

「こんなにおおきくなったんだね」ってほめてよ。
わたしのおとうさんはてれびをみてよくないている。
こどもやどうぶつのはなしによわいみたい。
わたしのおとうさんはいつも、
「おとうさんのことすき?」ってきいてくる。
きのうもきいてきた。
なんかいきいてもおなじだよ。
わたしのおとうさんはやさしいよ。
にちようびはいつもあそんでくれるよ。
「おもたくなったな」っていって、
いっぱいだっこもしてくれる。
おとうさん、かぞくのためにいつもありがとう。
だいすきだよ。

(さとう　かのん・岐阜県　小1)

五円玉から見えるもの

澁谷　樹空

ひろった五円玉
どろべったの五円玉
のぞいてみると
緑色の波が
ゆっくりゆれている
じいちゃんの田んぼ
ぼくは
この米で生きている
ずっとずっとだ

（しぶや　じゅあ・岐阜県　中1）

あのね

鈴木　歩

あのね
ぼくの　せ、おねえちゃんの　あごくらいに　なったよ
おねえちゃんは　ママの　口くらい

あのね
とくいりょうりは　たまごスープ
たまごが　ふっわふわなんだ

あのね
ひきざんカード、しんかんせんのはやさで言えるよ
いまは　おふろで　九九れんしゅうしてるところ

あのね
大好きだよ、まっていてね
おじいちゃん、おばあちゃん

（すずき　あゆむ・岐阜県　小2）

くっつきむし

たかぎ　たける

おうちにかえって、
てをあらっていると、
あしのところが
ちくちくして、ままをよんだよ。
「くっつきむしやね」
ままがいった。

でも、どうみてもむしじゃない。
いっしょうけんめいとろうとするけど、
ちがうところにまたくっついて
なかなかぼくから

はなれない。


「きっと、たけるがすきなんだわ」

また、ままがいった。

「ままといっしょやん」

こんどはぼくがいった。

そしたらままは、

「ほんとや。

ほんなら、このままとりたくないな」

といったから、それはこまるとおもって、
ぼくもいっしょにとりはじめた。

やっと、ぜんぶとれたのに、
こんどは、ままがぎゅっとしてきた。

「こんどは、ままがくっつきむしや」
でも、
うれしいくっつきむし。

（髙木　健・岐阜県　小1）

置き手紙

髙木　龍成

おかえり
僕の勉強机に一枚の置き手紙
たいてい母の帰りは僕の後
遅い日は夜の十時
僕が元気のない日は
笑顔のマークがついた置き手紙
母が買い物に行った日は
大好きなメロンパンつきの置き手紙
昼下校の日は
丁寧に握られたおにぎりつきの置き手紙
母が忙しい日は

走り書きをした置き手紙
一枚一枚の手紙に心がやどる
読み返せば思い出がよみがえる
そして今日も部屋のドアを開ける

（たかぎ　りゅうせい・岐阜県　中３）

おなかいっぱい

田中　優多

わたしのいいところはね、

「せんせいのおはなしをきけるところ」

「きおつけのとき、ゆびがぴんぴんなところ」

いもうとがねるときにいいだした。

こどもえんでいわれたんだな。

「おにいちゃんのいいところはなにかな」

おかあちゃんがきゅうにきいてきた。

「ぼくのいいところなんてわからん」

「なんでもいいからいってみてよ」

「だってないもん」

「いったかずだけドーナツあげるよ」

「じゃあ、へやのかあてんをあけるところ」

「ほかには？」

「もうない」

「えーもうないの？」

「じゃ、おかあちゃんいってよ。ドーナツあげるから」

「いいよ。あしがはやいところ」

「おてつだいをいっぱいしてくれるところ」

「いもうととあそんでくれるところ」

「がんばりやさんなところ」

「そんなにいったらおかあちゃんおなかいっぱいやん」

とぼく。

「でも、まだあるよ」

とおかあちゃん。

「わらったかおがかわいいところ」

「やさしいところ」

「あまえんぼうなところ」

おかあちゃんドーナツでおなかいっぱいだ。

ぼくはちょっとねむたくなってきた。

「おかあちゃんもうねてもいい?」

「えー、まだあるよ」

おかあちゃんのこえがつづいている。

どうやらぼくのいいところはまだまだいっぱいあるらしい。

ドーナツがたりないくらいに。


(たなか　ゆうた・岐阜県　小1)

あるといいな

長澤　こうみ

ねえ　じいじ
そっちにポストはありますか
おてがみかいたよ
よんでね
あいたいな
でももうあえないね
だからかくね
おてがみいっぱい
かくね
へんじまっているよ
あるといいな

おそらのポスト

（ながさわ　こうみ・岐阜県　小1）

せんたくもの

にしわき　ゆずき

かぜのあつい日だった。
まどを見ると、
せんたくものが、かぜにふかれていた。
いもうとの白いシャツが、
わたしの黄色のスカートのとなりで、
とばされそうになっていた。
おかあさん、おとうさんのふくは、
大きくかぜにゆらゆらとゆれていた。
おじいちゃん、おばあちゃんのふくは、
きもちよさそうにゆれている。
かぞく七人のせんたくものが、

ならんでかぜにゆれた。
わたしは、そとにでて、
かぜをあびた。

（西脇　柚衣・岐阜県　小2）

3にんでしあわせ

藤本　千尋

かかはみみがわるいから
わたしがなんどもつたえてあげる
でんごんゲーム
ジェスチャーゲーム
かかとのおしゃべりはおもしろい
ととはでんきをけしわすれるから
わたしがけしてあるいてあげる
かうものも　やくそくも
わたしがおぼえていてあげる
わたしがととのもうひとつののうみそ
たよってね　まかせてね

でもいつもだとつかれちゃう
わたしがつかれてさみしいときは
とと とかかがたすけてくれる
ぎゅってして　おいしいごはん
いっしょにいっぱいわらえたら
もうだいじょうぶ　げんきまんたん
きっとあしたも　3にんでしあわせ

（ふじもと　ちひろ・愛知県　小1）

かぶと虫

ふるいち　いつき

おとうさんは　土
おかあさんは　水
ぼくたちは　かぶと虫
小さな虫かごの中
きょうもげんきにあそぶよ
たまにメスとけんかするけど
すぐになかなおり
はやくそとであそびたいな
小さな
小さないえの中
いつもたべもの

ありがとう

（古市　一稀・岐阜県　小2）

しゃぼん玉

雪竹　湊都

とある日の、昼下がり
自分の部屋で勉強していると
窓からきらめく水の泡が
ぽつ、ぽつ、と見えてくる
外に出ると、そこには弟が
しゃぼん玉で遊んでいた

弟がふーふーと、しゃぼん玉を飛ばす
僕も合わせてしゃぼん玉を飛ばす
しばらくすると、家からお母さんが
僕ら二人を見つめてた
そして笑いながら
「素敵な兄弟やね」と言う
それを聞いて、僕らは笑う

一緒にお母さんも笑う
とある日の昼下がり
きらきらと、笑うしゃぼん玉が
浮かんでた

（ゆきたけ　みなと・岐阜県　中3）

みっつのて

よしだ　ゆうま

ぼくのて
てのひらにカタカナの「ラ」がある
みぎのてにうまれつきのあざがある
ちいさい
べんきょうはじょうずじゃないけど
こうさくがだいすきなて

ぱぱのて
ぼくのてよりおおきい
あたたかい
ぐみみたいなやわらかさ

おしごとをたくさんしてるて
じいじのて
ぼくのてよりちゃいろくておおきい
けっかんがでてる
ほくろがひとつある
ぱぱがいってた
ちからしごとをたくさんしてきたてだね

（吉田　悠真・岐阜県　小1）

一般の部

繋(つな)ぐ手

青山　紗弥加

祖父のしわしわの手の甲には
大きなほくろがぷっくりとついていた
その手で小さな私の手をひき
よく水門(すいもん)川を散歩した
道脇の花屋により
季節の花を買っては帰った
春には桜が満開になり
私を抱き上げては

花びらを触らせてくれた
いつもあの優しい手で
私を抱きしめてくれた

私が成人になりまもなく
祖父にガンがみつかった
進行は私が思っていた以上に早かった
意識が朦朧とする中でも
私の名前を呼んでくれた
息をひきとる前日
昔よりもより一層
しわしわになったあの手で
臨月のお腹を撫でてくれた
あの優しい手の感覚を

私は一生忘れる事はないだろう

（あおやま　さやか・岐阜県　38歳）

母の鋏

秋山　さや香

鏡越しに
いつでも迷いなく動いている
と思っていた母の鋏(はさみ)

永遠の夏空へ
吸い込まれるように
回り続けるサインポール

床屋の母が
わたしの髪に触れるとき
わたしの考えていることまで

髪から伝わってしまいそうで
すこしこわかった

足元に
さりさりと積もっていく
切り落とされた心の残骸(ざんがい)は
まだ温(ぬく)もりを求めているようで

もっとゆっくり
もっとゆっくり

そんなひそやかな祈りのなかで
わたしは成長していった

鋏のなかで輝いていた
窓から差し込む西日の
眩(まぶ)しさに目を細めれば
いつのまにか母は老いていて
わたしは子を抱いていた

母のかさついた手は
いつでも迷いなく
私を否定し
わたしをよりわたしらしく仕上げた

けれど
もしかしたら

母も
迷いながらだったのだろうかと
鏡越しに
子の柔らかな髪を
見つめながらおもう

（あきやま　さやか・茨城県　37歳）

夕焼け

上田　真司

息子が公園で転んだ
妻は駆け寄ろうとして立ち止まった
本当はすぐにでも抱き起こしてあげたい
そんな気持ちを
ぐっとこらえているのがわかった

息子はうつ伏せになったまま
妻を見ていたが
自分で起き上がると妻の元に走った
息子は妻の足にしがみつき
妻は一心に息子の頭をなでている

「ぼく、泣かなかったよ」
「うん、偉い、偉いね」
そう言っているようだった

手をつないだ二人の姿はやがて
夕暮れの街の雑踏に紛れ
見えなくなった

ああ
二人に伝えたいことは
まだ、たくさんあるような気がするのに
言葉にならないものが
胸いっぱいに溢(あふ)れ
夕焼けに染まった空に

溶けていった

あの
そろそろ行きますか?
後ろから
天使が声をかけてきた

(うえだ　しんじ・東京都　51歳)

風の街に来て

大塚　久夫

やっと春らしい気候になったころ
転居してきた
関西で生まれ、育ち、仕事をし
一生を終えるつもりだった私が
七〇歳半ばになって
関東の街に引っ越してきた
新しい家に向かう日の朝
タクシーからは
白梅があちこちに咲いているのが見えた
しばらくして、桜の花が見事に咲いた
しかし、この街を形容するのは

風のほうがふさわしい
転居したのは、妻の治療のためである
数年前に脊椎（せきつい）を痛め
かなり複雑な手術をして
改善の兆しが見え始めた
関連の検査をしている中で
いくつかの病気を持っていることがわかった
難病に指定されているものもあった
数名の先生の治療を受けることになって
月に数回通院するためには
病院の近くに移ったほうがいいと思った
思いつくと、すぐに家を探し
生活に必要なものをだけを持って
引っ越してきた

生活の便利さは比べようがない
しかし、私達老夫婦の状況を考えると
ここで慣れる以外の選択肢はない
さいわい、子ども達二人は
一時間ほどで来られる場所にいる
この街に慣れて、自分たちを大切にして
私たち二人の新しい人生を生きたいと思う
この街に移ってきた時には
毎日吹く風が不安だったが
少しずつ慣れて、楽しめるようになってきた
来るべき冬もしっかり乗り越え
次の春を迎えたいと思う

（おおつか　ひさお・千葉県　74歳）

麦藁帽子

興村　俊郎

麦藁（むぎわら）帽子のなかから
ふいに笑いかけてくるのは
あなたです
おもいがけず目があいました
フォトフレームにいれて
かざったのはいつだったか
日差しが木々の下草までふりそそいで
こちらをみあげた顔に
ひと粒の汗をひからせています
気づけばこの夏も押花のようにかわいて
すっかり秋の色

あなたの頭のうえにあった
丸い抜殻だけが
いまも写真にはいりきらず
柱にとまったままでいます

（おきむら　としろう・大阪府　74歳）

閑古鳥は淋しくない

奥谷　和樹

言葉にできない悲しみや迷いはきっと　忘れられないだろう
全てを受け止めて歩いてゆけるほど　僕たちは強くない
田舎に潜って半世紀　今日も釣りに誘ってくれたじいちゃん
ぷかぷか気ままに漂う　浮きを見つめて
ちょっとにっこり
悲しいと思えば悲しくて
楽しいと思えば楽しい
だからほら何にも釣れなくたって　それはそれでいい

心のほとりに繋（つな）いでる小舟は　いつも漣（さざなみ）に揺れている
自分を着飾って騙（だま）しているけれど　泣きたくて仕方ない

全てを傷つけた反抗期　毎晩夜食作ってくれたばあちゃん
ぷかぷか気ままに漂う　僕を見つめて
ちょっとにっこり
つまずいて転んで怪我をして
そうやってなるんだ大人に
寄り道もしないで人生なんて　分かるわけがない

（おくたに　かずき・大阪府　42歳）

水筒の詩

椿　伸太郎

丸く、
銀色の壁に囲まれて
あたたかいお茶が
僕の背負う鞄（かばん）の中で揺れている

それは電車の中で、
横断歩道の上で、
歩道橋の上で揺れている
それは玄関で揺れている

それは台所で揺れ始め、

鞄棚の中で揺れは収まる
揺れながら僕の通学を見守ってくれる
それは母親が淹れてくれたお茶
昼になると、僕はそれを飲む
僕はまた、ゆらゆらと家族のことを思い出す

（かこい　しんたろう・東京都　21歳）

ホットミルクと耳かき

笠原　メイ

鬱（うつ）状態で十日も眠れなかったとき
よく眠れるようにと
毎晩、母親がホットミルクを作って
部屋まで持ってきてくれた
鍋（なべ）で温めて蜂蜜（はちみつ）を一匙（ひとさじ）入れたやつ
それはキースジャレットの
音楽みたいに優しくて
ほんのり甘かった
熱いマグカップを手のひらで包むと
抱きしめられたような気持ち
睡眠薬を飲んでいるけど

それよりも効く気がしたんだ
きっと愛の成分のようなものが
含まれていたのだろう

病気が一番悪かったとき
幻聴にうなされて
今すぐに病院に連れてってくれ
入院させてくれと叫びながら
大きな本棚を母親に向かって投げた
母親に怪我をさせたのは初めてだった
そのことがあまりに悲しくて
生まれてこなければ
よかったと泣いた

その夜、母親が布団に入ってきて
耳かきをしてくれた

どんな時もかばってくれた
間違いを犯しても守ってくれた
闘病は辛(つら)かったけど
僕よりも僕の病気と闘ってくれた
母親がいてくれたから
少しずつ回復してきている

（かさはら　めい・群馬県　34歳）

ばあちゃんの自転車

春日　有貴江

「あっついねー」
って　ばあちゃん
自転車をカラカラカラカラ漕いで
「涼しくなったねー」
って　ばあちゃん
自転車をカラカラカラカラ漕いで
「さーむいねー」
「あったかなったねー」
って　ばあちゃん
毎日毎日自転車カラカラ漕いでやって来る
「おはよー　今日もがんばりやーね」

って　ばあちゃん
毎日同じこと言って
また自転車カラカラ漕いで帰って行くの
でもね
今は　ばあちゃんの自転車停(と)まったまま
「なんで足が動かんのやろー」
って
座椅子(ざいす)にちょこんと座って涙がポロリ
ばあちゃん　ずっとそこに座っててね
私が自転車漕いで来てあげるから
カラカラカラカラ
カラカラカラカラ
「今日はあっついよー」
「今日はさーむいよー」

って教えてあげるからね

（かすが　ゆきえ・岐阜県　46歳）

楕円(だえん)のテーブル

草野　伸一郎

頭をぶつけると危ないからと
2人で選んだ角の丸いテーブル
そんな優しいテーブルで
いくつもの日々を過ごした
今は3人ならんでご飯を食べている
夕食のテレビのチャンネル争いは
全戦全勝　娘のひとり勝ち
録画して何回観(み)たか分からない番組を
3人ならんで　また観ている
同じところで何度も笑う娘
僕らは顔を見合わせてほほえむ

朝　ねぼけまなこを6つならべて
食パンをかじりながら観るテレビ
知りたくもない残酷なニュースのせいで
大きな不安が朝のテーブルを汚した
ジュースの入ったコップに口をつけたまま
きみは何を感じているのだろう
何も言わずに　娘を抱きしめる妻
母の服をギュッとつかむ小さな手
僕はこの2人と家族になれて本当に良かった

優しいテーブルはなんでも知っている
天才画伯の落書きも
インスタントラーメンの匂(にお)いも
お誕生日ケーキのロウソクが

1本ずつ　ふえていくのも
みんな　みんな　知っている

きみがこのテーブルからいなくなっても
いつか新しい家族ができても
この優しいテーブルは知っている
僕たちは　ずっと　つながっている

（くさの　しんいちろう・兵庫県　49歳）

並木

工藤　もこ

手と手繋（つな）いで　歩いた並木
あなたと季節を　歩いた並木

春に桜と踊っては
夏と緑を喜んで
秋は枯れ葉に愚痴こぼし
冬の雪溶け慰めた
全部のとなり　あなたがいたの

ちいさなわたしの手をとって
同じ歩幅でゆっくりと

ふたりは　ずっと　ゆっくりと

手と手繋いで　歩いた並木

今はあなたの　手を引く並木

大きなわたしの手に摑（つか）まって

転ばぬようにゆっくりと

ふたりの歩幅　そのまんま

手と手繋いで　歩いた並木

今はひとりで

春に桜が散りました

夏が緑で励まして

秋は枯れ葉で包みこみ
冬は雪溶け　慰めた
季節が泣いた　あなたの為に
季節は泣いた　ふたりの為に

手と手繋いで　歩いた並木
あなたを胸に　眺める並木

（くどう　もこ・静岡県　31歳）

未練

後藤 順

柳川の白秋祭から帰ってきたら
母が死んでいた
「お帰り」と迎えてくれたのは
年老いたおばやおじ
おかあさんが死んでしまったのよ
「ごめん、ごめん」と妻が泣く
何を謝っているのか
仏間の襖をあけ
ふとんに横たわった母を見
何を言っているのか
ちゃんとここで寝ているじゃないか

頬（ほほ）はほんのり赤い
髪から甘酸っぱい匂（にお）い
枕元にはロウソクと花がある
好きなカラオケの歌集がある
買ってきた有明漬（ありあけづ）けを思い出す
袋から出し
母の顔の横に置く
「かあちゃん　おいしいぞ」
急に涙がこみあげ
ぽたぽた膝（ひざ）の上に落ちた
太股（ふともも）やお腹をこっそりさする
何度も何度もさする
みんなが帰り　ひとり
母の部屋に入っていくと

カセットデッキがオンのまま
プレイのスイッチを押すと
「北の宿から」が静かに流れ出す
都はるみの切々とした声が
「未練でしょうか」が耳に残る
父を亡くしてから
美しい別れを持つために
僕も失っていく練習をしてきた
日々がいつものように過ぎるなら
あの日よりもっと前まで
もう一度
扉をあけるところから
やりなおしたい

（ごとう　じゅん・岐阜県　68歳）

小さなお尻

塩見　史子

椅子(いす)に座る私の膝(ひざ)の上に
孫が乗りに来る
三歳になったばかりの二男(じなん)
息子の家を久し振りに訪ねた私に
躊躇(とまど)いも無く
何度も何度も膝に乗って来る
「○○ばぁちゃん」
と義祖母と区別しながら
私の顔に背を向けた小さなお尻
その温(ぬく)もりが
母ちゃんだった遥(はる)かな記憶を蘇(よみがえ)らせる

心も温まる今が旬（しゅん）の温もり
すぐにこの重みも
ばぁちゃんには支えきれなくなるだろう
又しても膝から降り
ガラス越しの冬の陽だまりで
恐竜と遊ぶ兄のもとへ
面白い遊びの種を見つけたようだ
もう戻って来そうにない
小さなお尻
人肌の温もりが
膝から消えて行く

（しおみ　ふみこ・京都府　74歳）

鮎

鈴木　美穂

西瓜(すいか)の香りがするんだよ
天然物はお腹の黄色が鮮やかなんだよ
父が鮎(あゆ)釣りを始めたのは
いつ頃からだろう
そう教えてくれたのは
まだ私が中学生のころだった

その頃は十匹釣れるか釣れないか
友釣りという技で
鮎との駆け引きを楽しむ
流れが早い場所だからと

父のお伴にはなれずにいた

数年後
父は玄人並みの腕前となり
軽々四十匹は捕まえてきては
たくさんの鮎を振る舞ってくれた
私は柔らかな身の鮎が大好きだった

そして現在（いま）
美味（おい）しい美味しいと
塩焼きにされた鮎を頬張（ほおば）る我が子たち
孫の笑顔を見て黒々と焼けた肌の
父の目にシワが寄る

父の腕は落ちてないが
鮎が昔のように川にいないそうだ
時を経て自然は変化した
私達も変わってゆく
わずか数匹の鮎を仲良く分けては
幸せな時間を共有する

いつか西瓜の香りがする鮎を見ては
この幸せな時間を思い出すのだろう
鮎が繫(つな)いでくれた優しい記憶
愛する人たちとの大切な時間
忘れることのない涼やかな夏の思い出

（すずき　みほ・岐阜県　45歳）

茶髪にピアス

林　徹爾

卒業式のその日　彼女の耳には穴
それは親からもらった大切なものなんだぞ
けしからん
G・Wに帰省した日　彼女の髪は茶色
それも親からもらった美しいものなんだぞ
けしからん　けしからん

自由を求めて始めた一人暮らし
ウイルスに奪われた自由と青春を
彼女なりに取り戻したいのだろう
でも　親の気持ちは忘れるな
絶対に　親の顔は忘れるな

そんな彼女がホームシックになった
「家に帰りたい……」
毎晩届く涙声のラブコール
家族を求めるか弱い言葉が愛おしくもあるが
「頑張れ！」と叱咤激励する
本当は一緒に居たいんだよ

講義やサークル　バイトが始まる
彼女の新しい生活が動き出す
「友達たくさんできたよ！」
いつからか涙声は逞しく明るい声に変わった
寂しさと安堵が入り混じる親心
でもよかった　本当によかった

茶髪にピアス　今ではそこにネイルも加わった
けしからん　けしからん　けしからん
だけど　きっと
今日も楽しそうに揺れているんだろうなぁ

（はやし　てつじ・岐阜県　49歳）

寝顔

細江 隆一

家族が寝静まった夜
一人別室からはい出す私。
居間には妻と娘が眠る。
そっと開けるドア。
忍び足で近寄る私。
目の前には二人の寝顔。
寝息を立てて眠る二人。
幸せの全てを摑(つか)むような
安らかな表情。
重なり合った手足は
まるで人形の様。

一人眺めながら思う。
家族があるから私がある、と。
しばらく眺めた後
目覚める前に
撤退する私。

別室には高一の息子。
布団をひっかむり
寝顔さえ見せぬ警戒。
はみ出した両足は
逞(たくま)しく　とてつもなく長く
パーの形の両手は
私の手を越える大きさ。
誕生時には

臍(へそ)の尾を四回首に巻き
おぎゃあの声さえ立てず
取り出された息子。
いまや背丈は私を越え
低温ボイスがひびく。
しばらく眺めた後
目覚める前に
撤退する私。

夜更けの唯一の楽しみ。
妻子に絶対に
知られてはいけない
秘匿の楽しみ。

（ほそえ　りゅういち・岐阜県　54歳）

おはなしの小箱

和井田　勢津

ある夜　夫が初めて見せてくれた
小さな箱
ふたを開けると
若かった義母のなつかしい声
じっと耳を傾ける六人のこどもたち
胸の奥には
おはなしの小箱があって
人は時々思い出すのです

小箱の中には　安寿(あんじゅ)と厨子王(ずしおう)
不遇の姉弟が互いを思いやる場面に

幼い兄弟は手をそっとにぎり合い
母と再会の場面に
小さな目を潤ませた
胸の奥には
おはなしの小箱があって
果実の滴がしずかに満ちるのです

小箱の中には
小さなパンを盗んだことで
逃げ続けなければならなかった男
ジャン・バルジャンもいて
かさじぞうのじいさまばあさまもいて
母親が語る古今東西の物語は
こどもたちをやわらかく包んだ

胸の奥にある
おはなしの小箱の先に
遠い一本の道が見えるのです

ふたを開けると
こぼれる　うつくしい音楽
ほほえむ　母とこどもたち

胸の奥には
おはなしの小箱があって
人は時々思い出すのです
琥珀糖（こはくとう）のように
時々かじってみたくなるのです

（わいた　せつ・青森県　71歳）

まなざしは海

渡邉　美愛

父は静かな人だった
春の日向（ひなた）があたためる縁側に腰掛けて
やさしい瞳（ひとみ）で
庭の木々を見ているような人だった
いつも入道雲のような愛で
私と母を包んでくれた
父は強い人だった
病が臓腑（ぞうふ）の暗がりから這（は）い登り
その身体を食い荒らしたとしても
真っ白で清潔な　まるで己のようなシーツを
グッと強く摑（つか）んで

たった一つ　ひび割れたシワだけを入れ
誰のせいにもせずに耐えていた
父は高潔な人だった
とうとう血を吐き
大好きだった縁側へも辿(たど)り着けず
蒼(あお)い木乃伊(ミイラ)の顔色で横たわり
ビュウビュウ
苦悶(くもん)の混じった息をしても
私と母を見れば
励ます温度で瞼(まぶた)を震わせて
手を繋(つな)ぎたいと言った
父は
父さんは泣いてくれなかった
わたしは　かあさんは

この世が溺(おぼ)れてしまったのかと思うほど
同じ顔で泣いていたのに
彼は最期まで
心の地平にあおあおとした根を張り
神樹のごとく清廉だった
「とうさんってよんでくれないか」
ただ　それだけの
ちいさな紙片のような願いを
わたしとかあさんに遺(のこ)して

（わたなべ　みえ・愛知県　17歳）

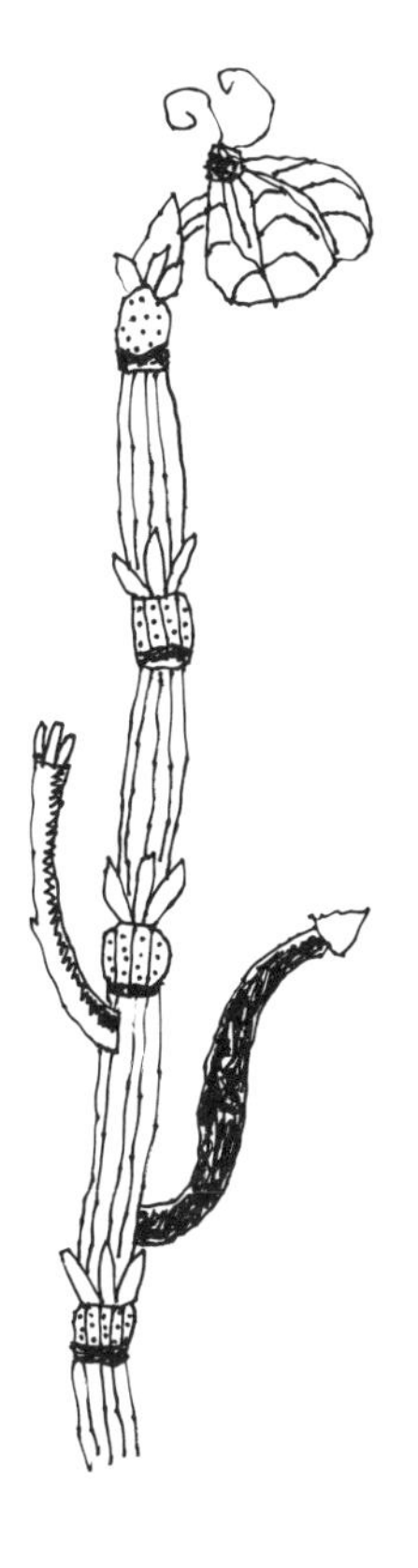

あとがき

私たちのまち養老町には、語り継がれる孝子伝説があります。そこでは、親が子を思い、子が親を思うという尊い心のありようが、素朴の中にも美しく描かれています。このような親子愛や家族愛をテーマにした詩の全国募集事業も今年度で二十三回目となります。昨年度は、由緒ある一般社団法人日本詩人クラブから名誉ある賞をいただくことができました。過去から現在、そして未来へと、「親孝行の心」「家族の絆」が脈々と受け継がれていくことに喜びもひとしおです。

今年度も、日本全国から多くの応募がありました。受賞された作品は、どの作品も家族を思う温かい心が感じられるものばかりでした。年代が幅広い分、素直な思いが率直に表現されているものから、じわじわとその様子や心情が心に沁みるもの、情景がありありと目に浮かぶものなどさまざまでしたが、どの作品にも、親子（家族）の愛情の深さや尊さが確かにあらわれていました。作者のみなさんが家族を思って生み出した一つ一つの言葉、言葉たちのつながり、その言葉たちが織り成すリズム、まとまり、そして、世界観。それら全てが、私たちに深い感動を与えてくれたように思います。これほど、「家族の絆」が、「愛の詩」が、私たちの心を揺さぶるのは、私たちが、心の中で、何が大切かをわかっている証拠ではないでしょうか。きっと本書を手にとって読んでいただいたみなさんも、「家族愛」「親子のつながり」など、人と人との『絆』の大切さに共感していただけたことと思います。
「親と子が心豊かにふれあえるふるさと養老」を目指してスタートしたこの募集事業が、これからも多くの方から愛され、また、全国の方々に浸透し、さらに応募が増えていくことを願ってやみません。

最後に、この詩を募集するにあたり、情熱をもってご指導・選考運営にあたっていただいた、審査員の冨長覚梁先生、椎野満代先生、頼圭二郎先生、岩井昭先生、天木三枝子先生に厚くお礼申し上げます。また、本書の刊行に全力を傾けられました大巧社の方々のご苦労に対し敬意を表すとともに、本事業をさまざまな形でご支援いただきました関係する全ての皆様に、深く感謝申し上げます。

令和五年一月十一日

養老町愛の詩募集実行委員会会長
養老町長　川地　憲元

第二十三回「家族の絆　愛の詩」の募集には、
令和四年六月六日～九月二日の期間に一般の部二九一篇、
小中学生の部一八〇三篇、計二〇九四篇の応募があった。
令和四年十月十二日に最終審査が行われ、
各部とも最優秀賞一篇、優秀賞二篇、佳作十八～二十二篇が選ばれた。
なお、本書に掲載した年齢・都道府県名は応募時のものである。
また、本人の希望により、筆名を記したものがある。

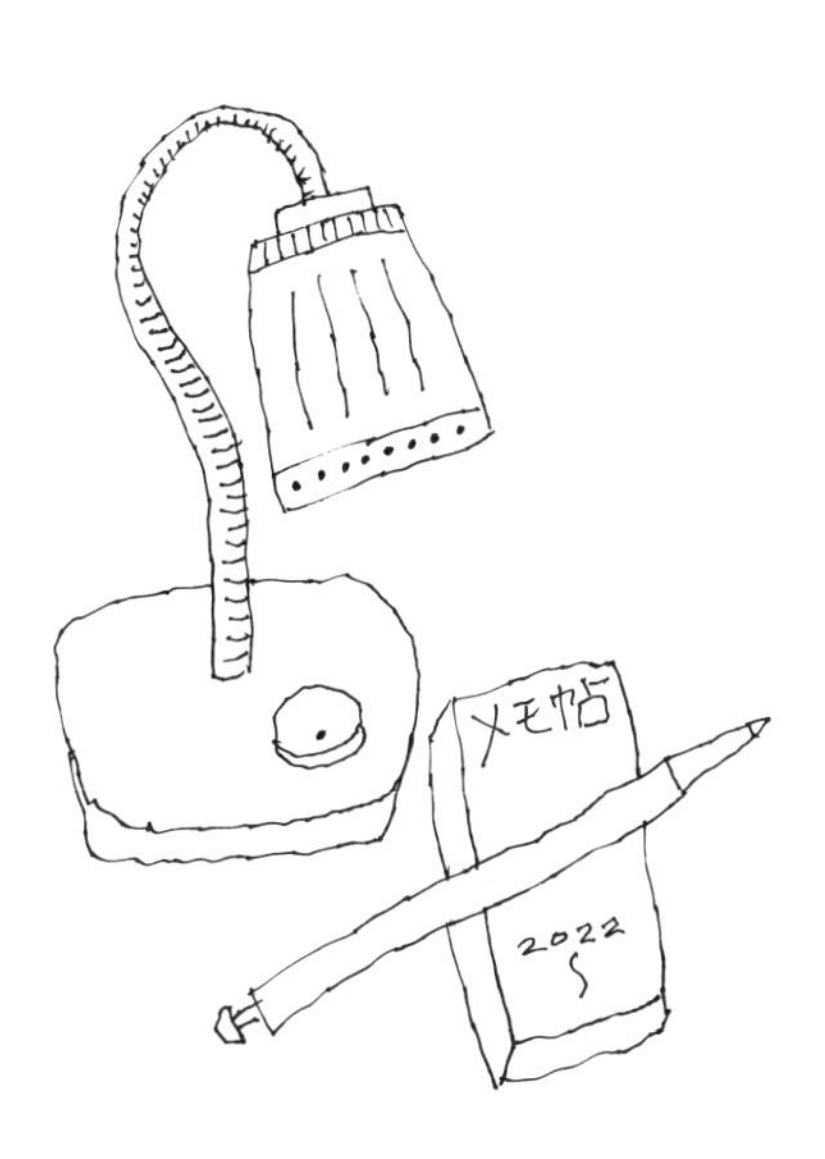
メモ帖
2022

●帯(表)のことば

松尾静明（まつお　せいめい）

詩人・作家　1940年広島県生まれ
詩集『丘』『都会の畑』『地球の庭先で』の他，〈ゆうき あい〉の筆名で，歌曲，児童文学，児童詩・童謡などを手がける。日本詩人クラブ会員，日本現代詩人会会員，日本文芸家協会会員，日本歌曲振興波の会会員

●カバー・本文画

山田喜代春（やまだ　きよはる）

詩人・版画家　1948年京都生まれ
詩画集『けんけん』『すきすきずきずき』他，エッセイ集・版画集など。各地で個展開催

家族の絆　愛の詩　14（愛の詩　シリーズ23）

二〇二三年二月一日　第一版　第一刷印刷
二〇二三年二月十日　第一版　第一刷発行

編　者……岐阜県養老町

発行者……根岸　徹
発行所……株式会社　大巧社
千葉県習志野市袖ケ浦2―1―7―103
〒275―0021
電話　047―407―3473
FAX　047―407―3474
印刷・製本…株式会社　文化カラー印刷

 ISBN978-4-924899-98-8

岐阜県養老町愛の詩シリーズ１～22

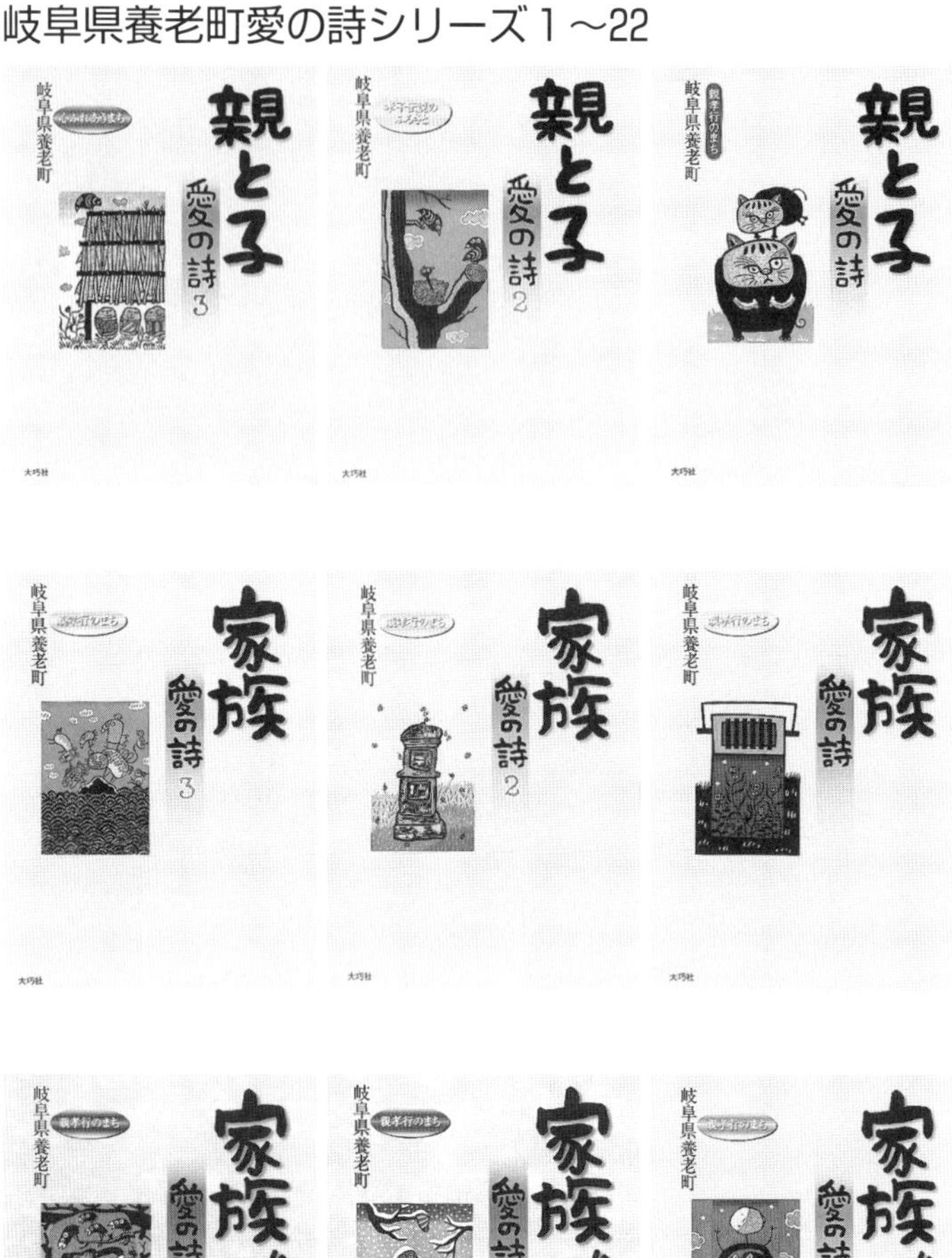

小四六版　定価 各 1320円（本体1200円＋税）

家族の絆
愛の詩 2
親孝行のまち
岐阜県養老町
大巧社

家族の絆
愛の詩
募集10周年記念
岐阜県養老町
大巧社

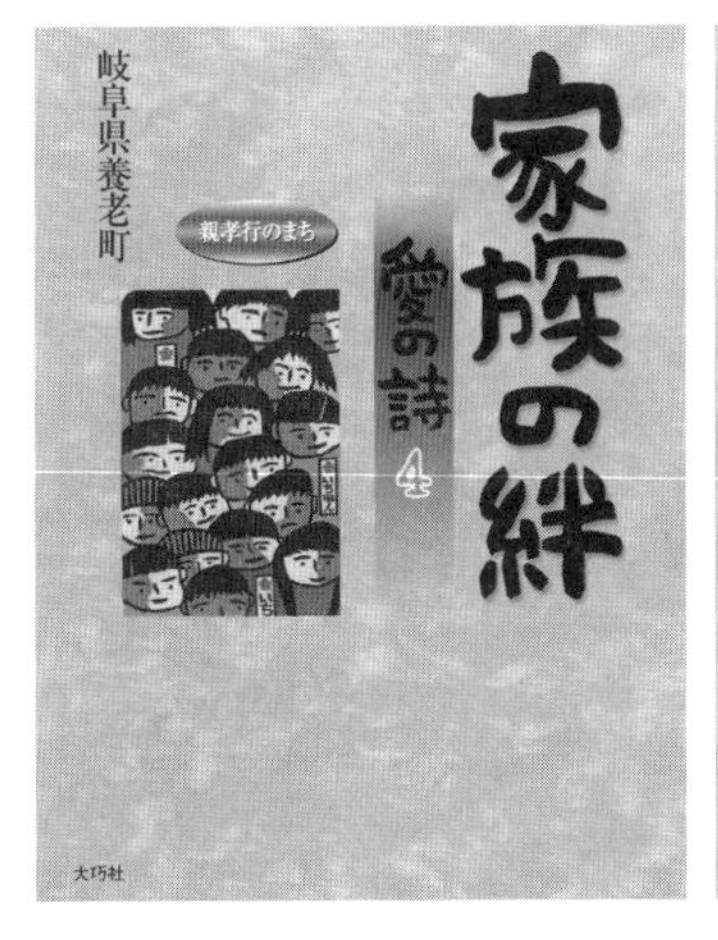
家族の絆
愛の詩 4
親孝行のまち
岐阜県養老町
大巧社

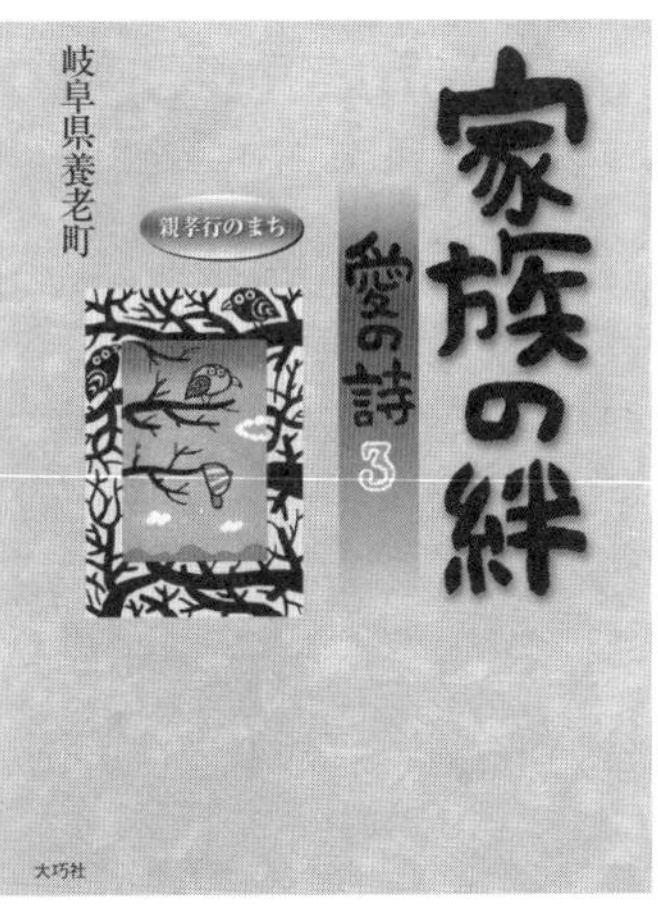
家族の絆
愛の詩 3
親孝行のまち
岐阜県養老町
大巧社

家族の絆
愛の詩 6
親孝行のまち
岐阜県養老町
大巧社

家族の絆
愛の詩 5
親孝行のまち
岐阜県養老町
大巧社

家族の絆
愛の詩 8
親孝行のまち
岐阜県養老町
GRIMM
大巧社

家族の絆
愛の詩 7
親孝行のまち
岐阜県養老町
大巧社

家族の絆
愛の詩 10
親孝行のまち
岐阜県養老町
大巧社

家族の絆
愛の詩 9
親孝行のまち
岐阜県養老町
寿
大巧社

家族の絆
愛の詩 12
親孝行のまち
岐阜県養老町
大巧社

家族の絆
愛の詩 11
親孝行のまち
岐阜県養老町
大巧社

家族の絆

愛の詩13

親孝行のまち

岐阜県養老町

大巧社